Max en de Maximonsters

MAX EN DE MAXIMONSTERS

Verteld en getekend door Maurice Sendak

 Lemniscaat

Toen Max zijn wolfspakje aan had, en kattekwaad uithaalde

en nog meer kattekwaad

riep zijn moeder 'Je bent een monster!'

en Max zei 'Ik vreet je op!'

Toen moest hij zonder eten naar bed.

Diezelfde avond groeide er een bos in de kamer van Max

het groeide en groeide

tot de bladeren van de zoldering hingen

en de muren de hele wereld werden

en de zee kwam aanrollen met een eigen boot voor Max

en hij wegzeilde door nacht en dag

week uit, week in,

bijna een jaar lang

tot waar de Maximonsters wonen.

En toen hij kwam waar de Maximonsters wonen

stootten zij hun vreselijk gebrul uit en knarsten met hun vreselijke tanden

en rolden met hun vreselijke ogen en lieten hun vreselijke klauwen zien

tot Max riep 'Koppen dicht!'

en ze temde door hen allemaal recht in hun gele ogen te kijken

zonder zelf één keer met zijn ogen te knipperen,

zodat ze bang werden en zeiden dat hij de vreselijkste was

van alle Maximonsters,

en zij maakten hem Koning van de Maximonsters.

'En nu gaan we een wild feest vieren!' riep Max.

'Afgelopen!' riep Max en stuurde de Maximonsters zonder eten naar bed.

En Max de Koning van alle Maximonsters voelde zich eenzaam

en wou ergens zijn waar iemand veel van hem hield, heel veel.

En er woei een geur van lekker eten om hem heen,

helemaal van de andere kant van de wereld

en Max had er geen zin meer in om Koning te zijn van de Maximonsters.

De Maximonsters schreeuwden: 'Ga niet weg!
we houden zo van je - je bent om op te eten!'

En Max zei 'Nee!'

De Maximonsters stootten hun vreselijk gebrul uit

en knarsten met hun vreselijke tanden

en rolden met hun vreselijke ogen en lieten hun vreselijke klauwen zien.

Maar Max stapte in zijn eigen bootje en wuifde naar hen

en zeilde terug, wel een jaar lang,

week in, week uit,

en een hele dag door

en de nacht in van zijn eigen kamer

waar hij zijn avondeten vond

en het was nog warm.